One morning, the Little Red Hen found some grains of wheat.

Un día la Gallinita Roja encontró unos granos de trigo.

The Little Red Hen
La Gallinita Roja

retold by Carol Ottolenghi   illustrated by Reggie Holladay

Copyright © 2002 Carson Dellosa Education. Published by Brighter Child®, an imprint of Carson Dellosa Education.
Send all inquiries to: Carson Dellosa Education, P.O. Box 35665, Greensboro, NC 27425.

Printed in the USA.   ISBN 978-0-7696-5417-1   19-003227784

Once upon a time, a Little Red Hen lived on a farm with a dog, a pig, and a cow. The Little Red Hen worked hard every day, but her friends were very lazy. They slept in the sun and watched the Little Red Hen work.

Había una vez una Gallinita Roja que vivía en una granja con un perro, un cerdo y una vaca. La Gallinita Roja trabajaba mucho todos los días, pero sus amigos eran muy perezosos. Dormían bajo el sol y observaban a la Gallinita Roja trabajar.

"Look!" she squawked to the other animals. "If we plant this grain, we'll have bread with our tea."

—¡Miren! —dijo ella cacareando a los otros animales—. Si sembramos estos granos, tendremos pan con nuestro té.

"Who will help me plant the grain?" asked the Little Red Hen.

"Not I," said the dog.

"Not I," said the pig.

"Not I," said the cow.

The Little Red Hen sighed. "I guess I'll have to plant it myself," she said.

And she did.

—¿Quién me va ayudar a sembrar estos granos? —preguntó la Gallinita Roja.

—No yo —dijo el perro.

—No yo —dijo el cerdo.

—No yo —dijo la vaca.

La Gallinita Roja suspiró. —Presumo que voy a tener que sembrarlas yo sola —dijo ella.

Y así lo hizo.

All summer long, the Little Red Hen watered and weeded her wheat. The dog, the pig, and the cow always said they were too busy to help.

Durante todo el verano la Gallinita Roja regó y desyerbó el trigo. Pero el perro, el cerdo y la vaca decían siempre que estaban muy ocupados para ayudar.

By the end of the summer, the wheat stood tall and golden. It was ready to be cut and threshed.

Hacia el final del verano el trigo estaba alto y dorado. Estaba listo para cortar y trillar.

"Who will help me cut and thresh the wheat?" asked the Little Red Hen.

"Not I," said the dog.

"Not I," said the pig.

"Not I," said the cow.

The Little Red Hen sighed. "I guess I'll have to cut and thresh it myself," she said.

And she did.

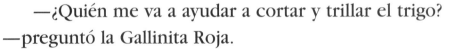

—¿Quién me va a ayudar a cortar y trillar el trigo? —preguntó la Gallinita Roja.

—No yo —dijo el perro.

—No yo —dijo el cerdo.

—No yo —dijo la vaca.

La Gallinita Roja suspiró. —Presumo que voy a tener que trillar yo sola el trigo —dijo ella.

Y así lo hizo.

She cut the wheat with her sharp beak. Then, she tied it into bundles and shook loose all the grains.

Cortó el trigo con su pico afilado. Entonces, lo ató en haces y lo sacudió, desprendiendo todos los granos.

The Little Red Hen loaded the wheat grains into a wheelbarrow. *It would be nice to have some help*, she thought.

La Gallinita Roja cargó los granos de trigo en una carretilla. "Sería bueno tener alguna ayuda", pensó.

"Who will help me take the grain to the mill?" asked the Little Red Hen.

"Not I," said the dog.

"Not I," said the pig.

"Not I," said the cow.

The Little Red Hen sighed. "I guess I'll have to take it myself," she said.

And she did.

—¿Quién me va a ayudar a llevar los granos de trigo al molino? —preguntó la Gallinita Roja.

—No yo —dijo el perro.

—No yo —dijo el cerdo.

—No yo —dijo la vaca.

La Gallinita Roja suspiró.
—Presumo que voy a tener que llevarlos yo sola —dijo ella.

Y así lo hizo.

At the mill, the miller poured the grain between the millstones. The stones turned round and round, grinding the grain into soft, powdery flour.

En el molino, el molinero colocó los granos entre las ruedas del molino. Las ruedas dieron vueltas y más vueltas, moliendo los granos y convirtiéndolos en harina en polvo.

The road back to the farm was long. The wheelbarrow was heavy. But the Little Red Hen forgot she was tired every time she imagined the taste of freshly baked bread.

El camino de regreso a la granja era muy largo, y la carretilla estaba pesada. Pero imaginándose el riquísimo sabor del pan recién horneado, la Gallinita Roja se olvidó de sus cansadas alas.

Back at the farm, the Little Red Hen asked the other animals, "Who will help me bake some bread?"

"Not I," said the dog.

"Not I," said the pig.

"Not I," said the cow.

The Little Red Hen sighed. "I guess I'll have to bake it myself," she said.

And she did.

Cuando regresó a la granja la Gallinita Roja les preguntó a los otros animales, —¿Quién me va a ayudar a hornear unos panes?

—No yo —dijo el perro.

—No yo —dijo el cerdo.

—No yo —dijo la vaca.

La Gallinita Roja suspiró.
—Presumo que voy a tener que hornearlos yo sola —dijo ella.

Y así lo hizo.

The Little Red Hen made the dough and put it into the oven to bake. Soon, a delicious aroma filled the farmyard.

La Gallinita Roja hizo la masa y la puso a hornear en el horno. Pronto un delicioso aroma llenó el patio de la granja.

The Little Red Hen pulled the perfectly baked bread from the oven. It was crusty and golden brown.

La Gallinita Roja sacó el pan perfectamente horneado del horno. Estaba crujiente y tenía un color marrón dorado.

"Now, who will help me eat the bread?" the Little Red Hen asked the other animals.

"I will," said the dog.

"I will," said the pig.

"I will," said the cow.

The Little Red Hen shook her head. "No you won't," she said.

—¿ Ahora, quién me va a ayudar a comer el pan? —preguntó la Gallinita Roja a los otros animales.

—Yo —dijo el perro.

—Yo —dijo el cerdo.

—Yo —dijo la vaca.

La Gallinita Roja agitó la cabeza.

—No, no lo probarán —dijo.

"You did not help me plant the grain," said the Little Red Hen. "You did not help me cut and thresh it. You did not help me take the wheat to the miller. And you did not help me bake the bread.

"So, you are not going to help me eat the bread, either!" she said. "I will eat the bread myself."

—No me ayudaron a sembrar los granos —dijo la Gallinita Roja—. No me ayudaron a cortar ni a trillar el trigo. No me ayudaron a llevar el trigo al molinero, ni me ayudaron a hornear el pan.

Así que tampoco me van a ayudar a comer el pan. Me lo comeré yo sola.

And that is exactly what she did.

Y fue exactamente eso lo que hizo.